狐火

佐久間隆史詩集

土曜美術社出版販売

詩集　狐火

I

枯野

――投函しなかった、故久保田万太郎氏への私信

枯野はも縁の下までつづきおり

いまだ
わが家には
枯野は姿をあらわしてはいないのですが

久保田万太郎様
あなたの一句を介して
私は教えられもしたのでした

ダンテの地獄は勿論のこと
芭蕉の枯野すら
縁の下にあったということを
そしてまた彼らがそこより
と　或る日
各自
自分の旅へと出で立ったということをも

だから今日は
私も　今一度
あなたの一句に促されて
わが家の床下をのぞいてみよう
そう思っているのです

私たちの日常は
非日常を私たちが忘れているところに
からくも成立しているということ
非日常は
だから　私たちすべての
例外のない　可能性としてあるということを

あなたの一句は
語ってもいたからです

限りある生命《いのち》のなかで

――「風立ちぬ、いざ生きめやも」をめぐって

堀辰雄の文学をめぐって
軟弱と評するひともなくはないが
私には
どうも　そうとは思えない

限られた生命《いのち》のなかでの
生命《いのち》の
限りない追求

それが
彼の文学を
彼の文学たらしめている
究極の事態と思われてくるからである

そしてその事実は
既に　堀田善衛や内山登美子が
その辰雄論で述べていることでもあるが*

戦時　出征兵士が
その出征にあたって
彼の書を追い求めたというその事態を考えても明らかになってくる
限られた生命《いのち》を見据えた上での生命《いのち》の追求
それが
彼らをして
彼の書を追い求めさせたその当の原因と思われてくるからである

そして
その暗さの中での
生命《いのち》の追求
それは

今を生きる私たちにとっても
無縁のものとも思えない
私たちが日々味わうやすらぎややすらかさも
限られた中での
やすらぎややすらかさ
だから
内外の両面より
常時　疎外にさらされている中での
ほんのいっときの
やすらぎややすらかさにしか過ぎないからである

＊　堀田善衛「乱世文学者」（筑摩書房堀辰雄全集別巻二所収）、内山登美子
『堀辰雄文がたみ　高原』（宝文館）

独楽

——立原正秋『冬のかたみに』に倣いて

高野喜久雄の詩「独楽」に
心惹かれた時があった

独楽は　その字面を踏まえれば
本来「独り楽しむ」ものとしてあるはずなのに

そこでは
その事実がまったく無視されて
それが　ただ
目的なくからまわりをする生の空しさを
語るためにのみ使用されていて
その背後に
詩人高野が当時持たされていた暗さが
潜んでいるように思えたからである

その共感は
今もかわらない

今もかわらないが
この頃は
時として
その共感を
出来たなら
自分の過去の「冬のかたみに」したい
そういう想いに
ふととらわれる

その共感のうしろには
ごく底の浅いものながら
私自身の「冬」が横たわっていたし

「なぜ」より解き放たれて
無心に今を生きる
そこにこそ
独り楽しむものとしての
生の独楽の本当の姿が横たわっている
そう思われもしてきたからである

われらが賢治

と　或る日
賢治の「雨ニモマケズ」を
読み返しながら
なんともおそく　恥ずかしいことながら
彼の作品の魅力の深さが
無心ではなく

有心の
修羅　凡夫の深さにあることを知らされた

無心であれば
心の対象となる「雨」は勿論のこと
「風」や「雪」
「夏ノ暑サ」もないはずだからで
そのないのに
あると思っているところに
賢治と同じ
仏でありながら
仏であることを忘れている　修羅　凡夫としての

私たちがいるからである

そしてその事実は
悲しいことながら
彼の　けなげな
衆生救済の願いへの力みを考えても
明らかになってくる

衆生救済の願いは
仏と同じでありながら
仏のそれは
力みとは無縁の

救済をも忘れた
おのずからなる救済
だから　無念無想　無心無我の
無の中での
激越きわまりない
そして静かな救済であったはずだからである

アリスと「私」

夕方
いつものように　散歩に出たが
どうしたことか
その日は　途中で
自分がどこにいるのか
さっぱりわからなくなって

仕方なく
タクシーを拾って　わが家へと帰ってきた

その体験は
不可解ながら
単なる偶然の出来事として
気にとめもしないで　日々を過ごしてきたが
このたび　それが逆に
自分の単なる思い込みに過ぎないということを
教えられもしたのである

上田秋成が　同じような体験を

『胆大小心録』に記していることを知ってはいたが
つい最近
私たちにとってなじみの一作家　辻邦生が
これまた　その『夏の砦』の中で
次のようなことを記しているのを知ったからで
それらの事実を踏まえれば
たまたまの　私の体験は
私のみのものではなく
普段　私たちがそれを知ることもなく
アリスの顔をしながら日々を生きている
その結果と思われもしたからである

美術館から帰ってくる途中、自分の家がどうしても見つからなかったことがあった。私は、もう一度、P＊＊広場に戻ってみようと思ったのは、かなり歩きまわったあとなので、後戻る道すじさえわからなくなっていたのだった。どの通りにも見覚えがなく、同じような形の暗い階段や扉や窓が、雨のなかに並んでいた。……自分が見当ちがいの街にまぎれこんでいるにちがいないと思った。……私は狐につままれたみたいな半信半疑の気持で、そこに立っていた。……、ところがいまそこから数メートル歩くと、自分のP＊＊街についていた。

細道にて

北鎌倉の
源氏山を歩いていて
ありえないことながら
醍醐天皇の第四皇子　盲目の蝉丸が
こかげで
ひとり　静かに

ないているのを
ふと　耳にした

それが
その日の
地獄めぐりの旅のはじめと
なることはなかったが

と　或る日の散歩

土手で
キリギリスが
「荒城の月」をうたっていた
「荒城の月」は
暗ささえあれば

時と所とを選ばず
姿をあらわすし
晩翠　廉太郎も
その事実を充分わきまえて
それをつくりもしたのだから
それの
土手での出現は
私をおどろかせは
しなかったのである

金亀子《こがねむし》擲《なげう》つ子闇の深さかな

私の好きな　虚子の一句だが
あるいはもしかしたら
「擲」たれた「子闇」のなかで
今もって
その「金亀子」も
「荒城の月」をうたっているのかもしれない
そういう想いを
逆にその時
いだかされさえもしたのである

Ⅱ

狐火　Ⅰ

外見的には
この世に居ながら
実際には
この世に居ない他国者

私たちが

時に耳にする狐火
それは
あるいはもしかしたら
その他国者が
この世の外でともす
孤燈を意味しているのかもしれない

遠くありながら
実際には
いつも
ごく近くにある狐火

非現実性を色濃く身にまといながらも
きわめて深い
リアリティを所持している狐火

その親しさは
だから
逆に
他国者としてありながら
私たちが　それを忘れている
そこより生じているのかもしれない

存在喪失

故郷喪失に
私たちは　常時
さらされているのかもしれない

狐火　Ⅱ

――西行の和歌における、宗祇の連歌における、雪舟の絵における、利休が茶における、其貫道する物は一なり。（『笈の小文』）

利休の語る「露地」
それは
芭蕉にとって
「奥の細道」を意味していた

利休の歩む
その「露地」の先には
「草庵」が控えていたが
そここそは
その両者が
「高悟」の母胎としての「不易」を語る場所として
存在していたからである

短いが
無限に長い
日常の中での「細道」

だから
そのふたりは
その「草庵」で
時として
無限に深いやすらぎを
ともに
味わうことがあったのである

私たちが
時に耳にする狐火
それ故　私には
それも

これまた
彼らが
その生の「細道」で
ひそかにともす
強烈このうえない「孤燈」を意味している
そう思われてもくるのである

狐火　Ⅲ

山間の暗闇に時として出現する狐火　それは狐の嫁入りの
「提灯」とも言われているが　それは　私には　狐どころ
か　人間が時として暗闇の中でともす孤燈を意味している
ように思われる

たとえば　次のような言葉を考えてみていただきたい

夜が、ますます深い夜がやってくるのではないか　？
白昼に提燈をつけなければならないのではないか　？
……

――ここで狂気の人間は口をつぐみ、あらためて聴衆を見やった。聴衆も押し黙り、訝しげに彼を眺めた。ついに彼は手にした提燈を地面に投げつけたので、提燈はばらばらに砕け、灯が消えた。「おれは早く来すぎた」、彼は言った。（ニーチェ『悦ばしき知識』。理想社ニーチェ全集8巻所収）

右の言葉を踏まえれば　先に言及した「狐火」は　狐ど

ころか　人間が時に出会う暗黒の中でともす「提灯」　だから「孤燈」へと豹変するからである　つまり　ひとは　狐とはちがって　日々繰り返される昼夜とは異質の夜　虚無暗黒という名の夜を持たされるということ　それ故その事実を踏まえれば　右で語られている「提燈」は　虚無　暗黒の中でのあかり「孤燈」としての「提燈」と言えるということ　しかもそれは　人間が　狐とはちがって　歴史を持ちうるその中での「提燈」として　まさに狐の「提灯」とは異質の　人間の「孤燈」を意味していると言えることにもなってくるからである
そして右の事実は　次の文を考えても　これまた明らかになってくる

何処に「暗夜」があるのだらうか。ご自身で人を、許す許さぬで、てんてこ舞ひしてゐるだけではないか。許す許さぬなどといふそんな大それた権利が、ご自身にあると思つていらつしやる。いつたいご自身はどうなのか。人を審判出来るがらでもなからう。（「如是我聞」。筑摩書房太宰治全集10巻所収）

右の文は　志賀直哉の『暗夜行路』を念頭においた上での　太宰の　志賀への批判だが　そこで語られている「暗夜」の深さこそは　まさに　私たちが持たされる「狐火」とは異質の　人間的な「孤燈」の母胎だからである

つまり　私たちは　常時　内外両面より疎外にさらされているのであって　そこより　右で語られている「暗夜」も生じてきているということ　従って　その事実を踏まえれば　私たちはまた　私たちがともす「孤燈」としての「提灯」をめぐって　それは　私たちが出会う「暗夜」の「行路」におけるともしび　だから　生の極限的状態　限界状況においてともすともしびと言えることにもなってくるのである

あるいはここで　右の事実に関して　私たちになじみの井伊直弼が語る「一期一会」という言葉や　次のような　ヘルダーリンの言葉を考えてもよいかもしれない

もっとも美しいものは、またもっとも聖なるものである。（『ヒュペーリオン』。筑摩書房世界文学大系26所収）

前者のうしろには　歴史の闇の中で「孤燈」をかかげつつ　必死になって　未来を探し求めている一人物がいるし　後者の背後にもこれまた同じく　狂気の淵を「孤燈」をぶらさげながらさまよい歩いている一人物がいるからである

無味

あるいはもしかしたら
無味は
普段
自分が所持している深さ　豊かさを
隠しているのかもしれない

たとえば　豆腐
全くの無味でありながら
その無味が歯にあたって
砕けると
そこに　その深さ　豊かさが
ふと顔をのぞかせる時があるからだ

フグは
少々高値
だから豆腐を酒菜に
今日は
それらを探ってみようと思う

利休の茶も
その無味の無の
無限の深さ　豊かさを
彼が洞察
そこに生み出されたのかもしれないからである

野だて

利休にとって
茶室はどこでもよかった
彼は
どこをでも
茶室にすることが出来た男だったからである

たとえば
道ばたに咲く
一本の
タンポポの花

それに眼をやると
それは
彼の前で
自分の知らない無限の彼方から
今　来着したばかりの様子を呈して
たちまちのうちに

茶の花へと
姿をかえもしたからである

だから私は
冗談ではなく
自分の不遜をもかえりみず
たとえば次のような腰折れを一句
彼に呈示したい
そうしう思いに
ふととらわれたりもするのである

すずむしを

楽器にかえる
　野だてかな

利休の野だてにおいては
すずむしも
楽器に変身
タンポポと同様
見事この上ない形で
無限をかなでもしたからである

Ⅲ

今　ここにおいて

足もとの無を見つめつつ
頭をさげ
その無より身を起こしては
諸事物　諸事象と
ふと出会う
そのじかの出会いの

ひまなき　刻一刻を考えると
ひとは　あるいは
笑うかもしれないが
私のなかを
坂田三吉が盤上の銀を見て
「銀が泣いている」と言ったというその言葉が
ふとよぎる

普段
「おはよう」
「こんにちは」などという言葉を
さんざん使いながら

自分の貧しさゆえに
それらが
刻一刻の
いかのいのちを失って
じかのいのちを失って
涙を流している姿が
事実　見えてくるからである

かくれんぼ

人偏に
ムと書いて
仏と読ませる

そんな不思議な文字を前にすると
そんな文字を生み出したのは
他でもない

お釈迦様そのひとと思われてくる

これ以外にないという一　絶対に遭遇
有限的で相対な「私」が消えてムとなるそこに
仏のお釈迦様
お釈迦様の仏は
生み出されているからである

「もういいかい　？
まあだだよ」は　幼児の遊び
その遊びの場に
お釈迦様がもしおられたなら

きっと
「『もういいかい　?』は　いらないよ」と
笑いながら
こたえられることと思われる

「私」をムにして
いつも
私たちとともにおられるのが
お釈迦様なのだから

だから

「仏とは何か　？」と問われて
昔の偉いひとたちが
「庭前の柏樹」とか
「石くず」
あるいは
「くそかきべら」などと答えられたそれらの言葉に
私は心ひかれもするのである

それらの言葉は
かくれんぼしながら
身をかくしているお釈迦様の姿を見すえての
言葉なのだから

茶室を建てる

無心に
お茶を飲む

無心である以上
心は勿論のこと
心の対象となるお茶も

姿を消している

そこにあるのは
ただお茶を飲むということ、、だけである

そしてそれが
私や私の心に邪魔されず
じかに茶を生きること
だから　茶を点《た》てることとすれば
茶室は　あるにこしたことはないが
なくても
よいということとなる

茶を飲むということが
ありさえすれば
茶室は　どこにでも
おのずからという形で
姿をあらわすからである

そしてその茶室のあらわれは
遠くにありながら
実際にはいつもごく近くにある
私たちになじみの　かの祇園精舎の
日常の場への

「ふと」を介しての出現と符合している

その「ふと」こそは
無心の無を介しての
茶室の
現実の場における出現の「ふと」と
符合しているからである

それゆえ
究極の茶
茶の究極とは
見えないながらも

いつも　ごく近くにある祇園精舎
祇園精舎としての茶室において
無心に
茶を飲む
そこに尽きるように
思われてもくるのである

限りある日々のなかで

つれあいは
いとしい
既に　八十の近く
そのつれあいが
と　或る日

廊下にすわり
外を見ながら
ひとり　静かに
咳をしている

そこで
からかい気味に
おもわず　ひとこと
「うちのモナリザに
風邪《かぜ》をひかれては　困るんだがね」

すると

これまた　咄嗟に
相手も　ひとこと
「あら　ごめんなさい　としをとったモナリザで」
そして　ひとり
外をむきながら　高笑いをしている

だから
私は願わざるをえなかったのだ
その高笑いが
末長く
いつまでも聞くことができるように　と

浜千鳥の唄

——出会いに見放されて

詩が書けたからと言っては
酒を飲み
詩が書けないと言っては
これまた
酒を飲む

そしてたまに出来あがった詩にしても
たかが知れたものであるという事実を踏まえれば
詩の書き手とは
要するに
詩とは無縁の
ただの酒飲みということにもなってくる

千鳥足という言葉がある
酒飲みの　おぼつかない足取りを意味しているが
なんとも悲しいことながら
右の事実を考えると
その足取りは

私には
酒を飲んだ時の
詩の書き手の足取りではなく
酒を飲まない時の
詩の書き手の
普段の足取りのようにも思われてくる

詩とは
だから
あるいはもしかしたら
この世の浜辺をさまよい歩く
浜千鳥としての詩の書き手の唄を意味しているのかもしれない

そんな想いに
ふと
これまた
とらわれたりもするのである

補遺

わが祈念
――プーチンさんへ

生まれた時
私たちは
だれもが
「私」や「私の心」など
持っていはしない

それは
親やその他
心あるひとたちのお蔭で
やっと
十数歳にして
持たされたものにしか過ぎない

そして
ともすれば
その「私」や「私の心」にとらわれて
それらの母胎としての

「無我」や「無心」の「無」を
私たちは忘れがちであるが
その「無」こそは
「私」なき状態として
「私」がイコール「他人」「他人」がイコール「私」である状態
だから「他人」など一切存在しない
私たちの
社会性や
社会性を踏まえて初めて成立する政治や経済の
根源的な母胎であるということ

従って

プーチンさんよ
あなたが幼少期
家族とともに地獄の体験を持たされたこと
そしてこのたびの
社会的　政治的な決断にしても
与えられた状況の中での一決断であること
そして　このたびの私の願い　祈りが
ただあなたに対してだけのそれらでないことをわきまえつつも
なお　おこがましいことながら
私は　次のような願い　祈りを持たされざるをえないのである
あなたのこのたびの決断も
「他人」など　この世に本来いないということ

「他人」がすべて自分であるという事態を踏まえたものであらんこと
を　と
勿論　ひとりの凡夫　ひとりの修羅としての私の願いではあるのだ
が

＊　この〝詩〟は、令和四年のくれ、急性膵炎に罹患、翌年の一月十二日に退院したその病院の病床において記したメモをもとにしている。

＊　釈迦の「天上天下　唯我独尊」をめぐって、「聖人にわれなし、われなきはなし」とする解釈があるが、私もその解釈に深い共感を覚えている。

あとがき

蛇足に馬脚、いろいろなあしがありはするが、この世の箍《たが》がはずれたところより差し込む光、そのような光を踏まえ生み出されるような作品はどうだろうか　？

好みは、ひとに、よりけりではあるが。

たとえば、美濃の織部の焼物や、サルバドール・ダリの「内乱の予感」などのような作品。

そしてそのことに関しては、また次のような言葉も想い起こされてくる。

「絶対」を求めるボードレールもマラルメもブルトンも禅坊主にすぎない。（西脇順三郎『詩学』）

「絶対」とは、相対的な日常のわれわれより、「ふと」を介して差し込む光に他ならないが、その事実を踏まえれば、詩は言うまでもなく、「禅坊主」の、日々の、日常の行為や行動、つまりは、屙《あ》屎《し》送尿、喫茶喫飯、だから常住坐臥のひとつひとつが、みな、箍のはずれよりもれこぼれた詩と言えることにもなってくるからである。

勿論、私などは、残念なことながら、その光をあおぎみつつ、求めている、一介の「浜千鳥」にしかすぎないのではあるが。

二〇二三年五月二十日

著者しるす

目次

著者紹介
佐久間隆史（さくま・たかし）
1942年　東京生まれ

1964年　早稲田大学文学部国文科卒業

著　書
詩　集『匿名の外来者』（思潮社）
『「黒塚」の梟』（詩学社）
『定型の街　遥か遠く』（詩学社）
『日常と非日常のはざまにて』（沖積舎）
『蟬の手紙』（花神社）
『花の季節に』（土曜美術社出版販売）
『あるはずの滝』（土曜美術社出版販売）
新・日本現代詩文庫34『新編　佐久間隆史詩集』
（土曜美術社出版販売）
評論集『保守と郷愁』（国文社）
『比喩の創造と人間』（土曜美術社）
『詩と乱世』（沖積舎）
『西脇順三郎論』（土曜美術社）
『詩学序説』（花神社）
『昭和の詩精神と居場所の喪失』（土曜美術社出版販売）
『三島由紀夫論』（土曜美術社出版販売）
『詩と東洋の叡知』（土曜美術社出版販売）
『超現実と東洋の心』（土曜美術社出版販売）
『詩と生命《いのち》の危機』（土曜美術社出版販売）

現住所　〒220-0072　神奈川県横浜市西区浅間町 3-167-2

詩集 狐《きつね》火《び》

発行 二〇二三年九月十日

著者 佐久間隆史
装丁 直井和夫
発行者 高木祐子
発行所 土曜美術社出版販売
〒162-0813 東京都新宿区東五軒町三—一〇
電話 〇三—五二二九—〇七三〇
FAX 〇三—五二二九—〇七三二
振替 〇〇一六〇—九—七五六九〇九

印刷・製本 モリモト印刷
ISBN978-4-8120-2802-5 C0092